Hewitt Book Fair
2011

Rima Fujita

藤田 理麻の 不思議な冒険

Save the Himalayas

 རི་མ་ལ་ཡ་སྐྱོབས་རོགས།

For the children of Tibet and all the children of the world.

FOREWORD

The natural world is our home; it is after all where we live. Therefore it is in our interest to look after it. The Himalayan region lies at the heart of Asia. Several of the continent's great rivers rise there, so it is a source of life, sustaining hundreds of millions of people in many lands, extending down to the distant surrounding oceans. Therefore, Tibet's fragile natural environment has an impact on the broader region involving millions of people downstream.

In this colourful book for children, Save the Himalayas, Rima Fujita focuses on the importance of the Himalayan region and the various threats it faces. Since it is written in Tibetan, English and Japanese, I hope it will reach a wider audience of readers and that, as more people become aware of the situation, greater efforts will be made towards conservation in the region.

May 18, 2011

序文

ダライ・ラマ法王

自然界は私たちの家であり、私たちが生きる場所なのです。ですから、私たちはそれを大切にしなければなりません。ヒマラヤ地域はアジアの中心部に存在しています。アジア大陸の巨大な河川のいくつかはそこに源を発して、数億人の人々の生命と生活を支え、大陸を取り巻く遠くの海に注いでいるのです。ですから、チベットの脆く、壊れやすい自然環境は、河川の流域に住む多くの人々を含めて、広い地域に強い影響力を持っているのです。色彩豊かな絵本、「藤田理麻の不思議な冒険～ Save the Himalayas ～」の中で藤田理麻さんはヒマラヤ地域の重要性と、その地域が今直面している色々な問題や脅威に焦点を当てています。絵本はチベット語、英語、日本語の三ヶ国語で書かれているので、幅広く、多くの読者に読まれ、より多くの人々がヒマラヤ地域の現状を知り、地域の自然環境保護、保全により多くの努力が傾注されることを、私は心から願っています。

2011 年 5 月 18 日

Introduction

I vividly remember my last trip to the Tibetan Plateau in 1993. Under Tibet's infinite sky and surrounded by the most brilliant mountains I'd ever seen, the plateau's vast environmental richness was as evident as its extraordinary beauty. Shortly after my visit, I was banned from being allowed to return so I hold the image of Tibet's beauty in mind to this day.

However, the plateau is changing. Excessive deforestation, industrialization and mining have damaged Tibet's pristine land and some of Asia's most valuable headwaters- the Amu Darya, Indus, Ganges, Brahmaputra, Irrawaddy, Salween, Mekong, Yangtse, Yellow, and Tarim- are threatened, leaving the region at tremendous risk.

Considering that one-fifth of the world's population directly benefit from watersheds whose sources stem from the plateau, nearly 1.4 billion people stand to be impacted by climate change in the region.

I hope Save the Himalayas will inspire you to find ways you and your friends can help protect one of Earth's most precious resources, the great Land of Snows, the Tibetan Plateau.

Richard Gere
March 2011
New York

はじめに

　私のチベット高原への最後の訪問になった 1993 年の旅行の記憶は、今も私の脳裏に克明に刻み付けられています。

　限りなく広がるチベットの空の下で、それまで私が見たこともないほどに鮮やかに光り輝く山々に囲まれた高原の広大な自然環境の豊かさは、その比類なき美しさと共に、疑いようもないものであったのです。

　その訪問の直後、私は再びチベットを訪れることを禁じられたので、その時のチベットの美しい姿を、私は心の中に今でも持ち続けています。しかし、その高原の姿は、今変わりつつあります。過度な森林伐採や工業化、鉱物採掘のため、チベットの汚れのない大地と、アムダーヤ、インダス、ガンジス、ブラマプルタ、イラワディ、サルウイーン、メコン、揚子江、黄河、そしてタリムなどのアジアで最も重要な河川の源流のいくつかの存在が脅かされていて、流域に計り知れない危機がもたらされようとしています。世界の人口の 5 分の 1 が、この高原に源を持つ河川の恩恵を受けていることを考えると、14 億の人たちがこの地域の気候変動の影響にさらされるのです。私は絵本『藤田理麻の不思議な冒険〜 Save the Himalayas 〜』が、あなたやあなたの友人が、地球上で最も貴重な資産のひとつである「偉大な雪の大地、チベット高原」を守る手立てを見出すことに心を奮い立たせ、行動を起こす力になることを切に願っています。

リチャード・ギア
2011 年 3 月
ニューヨークにて

美しいヒマラヤのある良く晴れた日に、ゴンポという少年と妹のゾンパが、犬のチュンポと一緒に遊んでいました。お父さんとお母さんはヤクの世話に忙しく、おばあさんはバター茶を作り、おじいさんはテントの中でお経を唱えていました。一家は遊牧民で、ヤクの群れを連れて広いチベット高原を移動しながら、テントで暮らしているのです。

One sunny day on the beautiful Himalayan plateau, a young boy, Gonpo, and his little sister Zompa were playing with their dog Chungpo. Their mother and father were taking care of the yaks while the grandmother was making butter tea, and the grandfather was reciting mantras in the tent. They were a nomad family in Tibet.

ཉི་འོད་རྫོ་བའི་ཉིན་ཞིག་རེ་པོ་ཆེ་མ་ལ་ཡའི་ཨང་སྐྱེད་དུ། བུ་ཆུང་མགོན་པོ་དང་བོད་ཀྱི་གཅུང་མོ་འཛོམས་པ་གཉིས་ཁྱི་ཕྲུག་གཅུང་པོ་དང་མཉམ་དུ་རྩེད་མོ་རྩེ་བཞིན་ཡོད། བོད་ཚོའི་ཕ་མ་གཉིས་ཀྱིས་གཡག་རྫོག་ལ་བདག་སྐྱོང་གནང་བཞིན་ཡོད་ཅིང་ར་མོ་ལགས་ཀྱིས་མར་དཀྲོགས་བཞིན་ཡོད། དྲུང་སྐྱོ་པོ་ལགས་ཀྱིས་གུར་ནང་དུ་ཁལ་འདོན་སྐྱོར་བཞིན་འདུག བོད་ཚོ་ནི་བོད་ཀྱི་འབྲོག་པའི་ཁྱིམ་ཚང་ཞིག་ཡིན།

チュンポがうれしそうに吠え出しました。ゴンポとゾンパは、遠くから小さな何かが近づいて来るのを見ました。それはまだ幼い小さな雪豹の赤ちゃんだったのです。雪豹は疲れ果ててお腹が空いているらしく、ゴンポとゾンパの足下でぐったりとうずくまってしまいました。チュンポはまるで雪豹をいたわるように、彼の顔をペロペロとなめています。

Chungpo began barking excitedly. Gonpo and Zompa noticed that something was approaching them from afar. It was a very small baby snow leopard. He seemed very tired and hungry. He came up to Gonpo and Zompa's feet and collapsed. Chungpo began licking the snow leopard baby's face as if to comfort him.

ཁྱི་ཕྲུག་གཅུང་པོས་དགའ་ཤུགས་ཆེན་པོས་སྐད་རྒྱག་འགོ་ཚུགས། མགོན་པོ་དང་འཛོམས་པ་གཉིས་ཀྱིས་ཐག་རིང་ན་ཅིག་ཤོན་ཚོའི་ཆར་ཡོང་བཞིན་པ་དོ་སྣང་བྱུང་། དེ་ནི་གངས་གཟིག་ཆུང་ཆུང་ཞིག་རེད་འདུག གཟིག་ཕྲུག་དེ་ཧ་ཅང་ཐང་ཆད་པ་དང་ལྟོགས་པའི་བཟོ་འདུག ཤོན་མགོན་པོ་དང་འཛོམས་པ་གཉིས་ཀྱི་འགྲམ་དུ་སླེབས་ནས་དང་ཐང་ལ་འགྱེལ། གཅུང་པོས་གཟིག་ཕྲུག་ལ་བརྩེ་བ་སྟོན་ཐབས་སུ། ཤོན་གི་ངོ་གདོང་ལ་ལྕེ་ལྤུག་བྱེད་འགོ་ཚུགས།

ゴンポとゾンパは、雪豹の赤ちゃんを家に連れて帰り、ヤクのミルクを飲ませてあげました。かれらは雪豹を「ノブ」と呼ぶことにしました。チベット語で「大切な宝」という意味です。チュンポはノブが寒くないようにノブの隣にぴったりと寝そべりました。ノブは安心したのか、朝までスヤスヤと眠ったのでした。

「かわいそうに…。何かあってお母さんとはぐれてしまったんだろうねえ」と、おばあさんがノブを抱き上げながら言いました。

「もしかしたら、毛皮を狙う密猟者に殺されてしまったのかも知れないねえ」とお母さん。

「それか、母親が飢え死にしてしまったのかもな。近頃は森も荒れて、餌になる動物も減ってしまったからなあ」とお父さんが言いました。おじいさんは黙ったまま、静かにお経を唱えていました。

Gonpo and Zompa took the baby snow leopard home and gave him some yak milk. They decided to call him Norbu, the precious jewel. Chungpo lay next to Norbu to make sure that he was warm. Norbu slept peacefully until sunrise.

"Poor Norbu... he must have lost his mother somehow," said the grandmother as she caressed the baby snow leopard.

"Perhaps his mother was killed by the bad hunters for her fur," said their mother sadly.

"Or perhaps his mother died from hunger because there are fewer animals and fewer trees nowadays..." said the father. Grandfather said nothing and kept reciting his mantras quietly.

མགོན་པོ་དང་འཛོམས་པ་གཉིས་ཀྱིས་གཟིག་ཕྲུག་དེ་ཁྱིམ་དུ་འཁྱེར་ཞིང་ཁོང་ལ་འབྲི་འི་ནོ་སྦྱིན། ཁོ་ཚོས་གཉིས་ཕྲུག་གི་མིང་ལ་ནོར་བུ་ཞེས་འབོད་རྒྱུ་ཐག་བཅད། གཞུང་པོ་ནོར་བུའི་འགྲམ་དུ་ཉལ་ནས་ཁོང་ལ་དྲོད་ཁོལ་སྨིན་ཐབས་བྱས། སང་ཤོགས་ཞི་མ་མ་པར་བར་དུ་ནོར་བུ་བག་ཕེབས་ངང་གཉིད་ཁུག

"ནོར་བུ་སྙིང་རྗེ། ཁོང་གིས་རང་གི་ཨ་མ་བོར་བ་འདྲ་གསལ་པོ་རེད།" ཕྱོ་མོས་གཟིག་ཕྲུག་ལ་ཕྱིལ་ཕྱིལ་གཏོང་བཞིན་དེ་སྐད་སྨྲས། "གཅིག་བྱས་ན། གཉིག་ཕྲུགས་ཀྱི་ཆེད་དུ། རྔོན་ཆན་ངན་པ་ཞིག་གིས་ཁོའི་ཨ་མ་བསད་ཡོང་སྲིད།" ཨ་མས་སེམས་སྐྱོ་བོའི་སྒོ་ནས་དེ་སྐད་ལབ། "ཨ་རེད། གཅིག་བྱས་ན། ཁོའི་ཨ་མ་ལྟོགས་ཤི་ཐེབས་ཡོང་སྲིད། གང་གིས་ཟེ་ན། དེ་རིང་སང་ཉིན་རེ་སྐྱེ་ལྡོག་ཆགས་དང་ཤིང་ནགས་ལུང་ཚང་ཚང་མ་གཏོགས་ལྟ་ཡོང་མ་རེད།" ཨ་ཕས་དེ་ལྟར་བཤད། སྤོ་པོ་ལགས་ཀྱིས་ཆ་ཡང་མི་སྨྲ་བར་ཁུ་སིམ་མེར་ལ་འཛིན་སྔོར་བཞིན་བསྲུབ།

ヤクのミルクや肉をもらって、ノブは日増しに元気になっていき、チュンポとテントのまわりで遊ぶようになりました。ゴンポとゾンパはノブが自分たちになついてくれて、テントで一緒に住んでくれることが嬉しかったのですが、ノブがお母さんと離ればなれになってしまったことに、心を痛めていました。「ノブの家族を探さないと…ね？ゴンポ」ゾンパがノブを抱きながら言うと、ゴンポは大きくうなづいて力強く言いました。「よし、きっとみつけるぞ！」

Norbu became stronger day by day and began playing with Chungpo around the tent. Gonpo and Zompa were very happy to have Norbu with them, but they felt sad that he was separated from his mother.
"We must find his family, Gonpo," said Zompa holding Norbu. Gonpo nodded firmly with determination."We will find them!"

ནོར་བུ་ཉིན་རེ་བཞིན་སྟོབས་ཆེ་རུ་ཕྱིན་པ་མ་ཟད། གཙང་པོ་དང་མཉམ་དུ་གུར་གྱི་ཕྱི་རོལ་དུ་ཆེད་མོ་རྩེ་འགོ་ཚུགས། མགོན་པོ་དང་འཛོམས་པ་གཉིས་ནོར་བུ་ལྷོང་ཚོའི་མཉམ་དུ་ཡོད་པར་ཏུ་ཙང་དགའ་སྤྲོ་སྐྱེས། ཡིན་ན་ཡང་། ནོར་བུ་ལྷོང་གི་ཨ་མ་དང་ཁ་བྲལ་བྱུང་བ་དེར་ལྷོང་ཚོས་སེམས་སྡུག་བྱུང་།
"མགོན་པོ། ང་ཚོས་ངེས་པར་དུ་ལྷོང་གི་ནང་མི་འཚོལ་དགོས།" འཛོམས་པས་ནོར་བུ་པང་དུ་བསྣམས་བཞིན་ཏེ་ལྷུང་ལབ། "ང་ཚོས་ལྷོང་གི་ནང་མི་རྣམས་བཙལ་ཐུབ་ཀྱི་རེད།" མགོན་པོས་ཆོད་སེམས་ཡོད་པའི་སྒོ་ནས་མགོ་མཐུན་གནང་།

その日の真夜中、ゴンポとゾンパは
ノブを連れてそっとテントを出ま
した。家族は皆寝ています。おじい
さんだけが気づきました。ゴンポと
ゾンパは、おじいさんに引き止めら
れるのではないかと心配したので
すが、おじいさんは何も言わずただ
微笑んで、そっとゴンポにお守りを
くれたのです。ゴンポとゾンパは、
月の光を頼りに、あの日ノブがやっ
て来た遠くの山並みの方に歩き出
しました。チュンポも一緒につい
て行きました。

Gonpo and Zompa quietly left
the tent in the middle of the
night. Everyone was asleep,
but the grandfather noticed.
Gonpo and Zompa were wor-
ried that he would stop them
from going, but the grand-
father just smiled without
a word and gave Gonpo his
protector amulet. Gonpo and
Zompa held Norbu and began
walking under the moonlight.
Chungpo followed them.

མཚན་དཀྱིལ་ཚམ་ལ། མགོན་པོ་དང་འཛོམས་པ་གཉིས་
ཁ་རོག་གེར་སྒྲ་གྱུར་དང་ཁ་གྱིས། ནང་མི་ཚང་མ་གཉིད་
ཁུག་ནས་ཡོད། ནོར་གྱུང་། སློ་པོ་ལགས་ཀྱིས་ཁོང་ཚོ་
འགྲོ་གི་ཡོད་པར་དོ་སྣང་བྱུང་། མགོན་པོ་དང་འཛོམས་པ་
གཉིས་ཀྱི་སེམས་སུ། ཁོང་གིས་བཀག་འགོག་གནང་གི་
རེད་བསམ་ནས་སེམས་ཁྲལ་བྱུང་དང་། སློ་པོ་ལགས་ཀྱིས་
འཛུམ་ཚམ་བྱེད་པ་མ་གཏོགས་སྐད་ཆ་ཅིག་གཅིག་ཀྱང་
མ་ལབ་པར་མགོན་པོ་ལ་སྲུང་འཁོར་དེ་སྦྲད། མགོན་པོ་
དང་འཛོམས་པ་གཉིས་ཀྱིས་ནོར་བུ་འཁྱེར་ནས་མཚན་
ཚོའི་སྐྲ་ཟོད་ཀྱི་འོག་ཏུ་གོམ་བགྲོད་བྱས། གཅུང་པོས་ཁོང་
ཚོའི་རྗེས་སྙེག

何時間も歩いているうちに夜が明けて来ました。二人は疲れてお腹も空いてしまいました。「一体私たちどこ向かっているの、ゴンポ？迷ってしまったみたいだし、こわいよう」ゾンパはべそをかいています。すると、黒い頭に白い羽毛でおおわれた巨大なツルが、二人のそばに、ふわりと現れました。「どうしたんだい？友たちよ」美しいツルは尋ねました。「ノブの家族を探しているのだけど、どこに行ったら良いか分からないんだ」とゴンポが答えました。
「心配しないで。連れていってあげるから。ノブがどこから来たのか知っているからね。さあ、私に乗って！」ツルはゴンポ、ゾンパとチュンポがツルの背中に乗りやすいようにするため、地面に寝そべりました。

As they kept walking for hours until dawn, they became so tired and hungry. "Where are we going, Gonpo? I think we are lost and I am scared," sobbed the little sister. Then, a giant black-necked crane appeared and landed near them.
"What's up, my friends?" asked the crane. "We are trying to find Norbu's family, but don't know where to go," Gonpo answered.
"Don't worry. I will guide you. I know where this snow leopard came from. Come on, get on my back!" The beautiful crane laid low so that Gonpo, Zompa and Chungpo could sit on his back.

ཁོང་ཚོས་ཞོགས་པའི་སྐྱ་རེངས་མ་གསལ་བར་དུ་གོམ་བགྲོད་བྱས་ཚང་། ཁོང་ཚོ་ད་ཚང་ཐང་ཆད་ཅིང་ལྟོགས། "མགོན་པོ། ང་ཚོ་གང་དུ་འགྲོ་གི་ཡིན་ནམ། ངས་བསམ་ན། ང་ཚོ་ལམ་ཁ་བརླགས་འདུག ང་ཞེད་ཀྱི་འདུག" ཕྱིང་མོ་འཛོམས་པས་དུ་དཀ་དང་བཅས་རེ། སྐྲབས་ཕོག་དེར། ཁྱུང་ཁྱུང་སྐྱི་དག་ཅིག་འཕུར་ཡོང་ནས་ཁོང་ཚོའི་ཉེ་ས་རུ་བབས།

"ངའི་གྲོགས་པོ་ཚོ། གང་ར་བྱུས་སོང་། ཁྱུང་ཁྱུང་གིས་དེ་སྐྱད་དྲིས། "ང་ཚོས་ནོར་བུའི་ནང་མི་རྣམས་འཚོལ་གྱི་ཡོད། འོན་ཀྱང་། གང་དུ་འགྲོ་དགོས་མིན་ཤེས་ཀྱི་མི་འདུག" མགོན་པོས་དེ་ལྟར་བརྗོད། " སེམས་ཁྲལ་མ་བྱེད། ངས་ཁྱེད་ཚོར་ལམ་སྟོན་བྱས་ཆོག ངས་གངས་གཟིག་འདི་གང་ནས་ཡོང་བ་ཤེས། ཤུང་གོག་འདི་རྒྱབ་ལ་སྡོད" ཁྱུང་ཁྱུང་གིས་མགོན་པོ་དང་འཛོམས་པ། གཅུང་པོ་བཅས་ཁོང་གི་རྒྱབ་ལ་ཞོན་ཐུབ་པའི་སླད་དུ་ཅུང་ཙམ་མར་ལ་སྒུར་སྒུར་གནང་།

「君たちに見せたいものがあるんだ」と、ツルはマチュ河の上を飛びながら言いました。「なぜ河の水があふれているの？」ゾンパがツルに聞くと、「今、エベレスト山の近くを飛んでいるのだけれど、あそこのロンボク氷河が見えるだろう？あの氷河がすごい速さで溶けていて、それが河に流れ込んで溢れているんだよ。ヒマラヤのすべての氷河は溶けていて、すべての川は溢れているんだ」とツルは答えました。ゴンポとゾンパは、かつては氷と氷河で真っ白だった山の上が、今では茶色になっているのを見たのです。「なぜ氷河が溶けているの？」好奇心が強いゾンパが尋ねます。「地球は毎年、暖かくなっているんだ」ツルは言いました。

"There is something I want to show you," said the crane as he flew over the river. "Why is the Yarlung river flooded?" Zompa asked the crane. The crane flew near Mt. Everest and explained, "See that Rongbuk glacier over there? It is melting so quickly that there is too much water. All the glaciers are melting and flooding the rivers in the Himalayan region." Gonpo and Zompa saw the brown mountain-tops that used to be the snowy white tops of icy glaciers.
"But why are they melting?" the curious girl asked.
"The earth is getting warmer every year," answered the crane.

"ངས་ཁྱེད་ཚོར་ཅིག་སྟོན་ན་འདོད།" ཁྱུང་ཁྱུང་གཙང་པོའི་སྟེང་ནས་འཕུར་བཞིན་དེ་སྐད་སྨྲས། "ག་རེ་བྱ་ན་གཙང་པོར་ཆུ་གཏང་པོ་ཆེ་རྒྱ་སུ་ཕྱིན་པ་རེད།" འཛོམས་པས་ཁྱུང་ཁྱུང་ལ་དྲིས། ཁྱུང་ཁྱུང་རོ་མོ་གླང་མའི་འདབས་སུ་འཕུར་ཞིང་འདི་ལྟར་འགྲེལ་བརྗོད་གཏང་། "ཕ་གི་ན་ཡོད་པའི་རོང་བཙན་ཁ་དཀར་པོའི་འཁྱགས་རོམ་ལ་ལྟོས་དང་། འཁྱགས་རོམ་ཆ་ཨ་བཞུ་བཞིན་ཡོད་པས་ཆུ་མ་ལ་ཡའི་རི་རྒྱུད་ཀྱི་གཙང་པོ་དག་རྒྱས་ཀྱི་ཡོད་རེད།" མགོན་པོ་དང་འཛོམས་པ་གཉིས་ཀྱིས་སྔ་མགོག་གི་རི་བོའི་རྩེ་ཁ་རྣམས་སྤྲེ་སྟོན་ཆད་རེ་མགོ་གནས་ཀྱིས་བརྫུང་བ་དག་མཆོང་། "ཡིན་ན་ཡང་། ག་རེ་བྱ་ནས་འཁྱགས་རོམ་དག་བཞུ་བཞིན་ཡོད་པ་རེད།" འཛོམས་པོ་མཆར་སྲང་དང་བཅས་དྲིས། "ས་འི་གོ་ལའི་ཚ་དྲོད་ལོ་རེ་བཞིན་དེ་མཐོ་རུ་འགྲོ་ཀྱི་ཡོད་པ་རེད།" ཁྱུང་ཁྱུང་གིས་དེ་ལྟར་ལན་བཏབ།

今度はツルは小さな村に飛んで行きました。村は土砂崩れと洪水に襲われて、沢山の人々が亡くなり多くの動物も死んでしまったそうです。泥まみれになった一匹のサルが、ノブの方にやって来ると、優しくノブのほっぺたに頬ずりして、去って行きました。「あのサルさんの家族も皆、死んでしまったんだ。長い間、雨が降らなかったから食べものがなくなってしまったんだよ」ツルは羽をパタパタさせて叫びました。そして皆はまた飛び始めました。

"There is something else I want to show you," said the giant crane as he took them to a small rural village that had been destroyed by a mudslide and flood. All the houses had been washed away, and many people and animals had died. There was one monkey who was covered with mud. She came towards Norbu, caressed his cheek, and walked away. "Her monkey family is dying, too…because there was a bad drought in her region and there was nothing left for them to eat," said the crane.
The crane flapped his wings and shouted, "Come on! Let's move on. There is something I want to show you!"

"ངས་ད་དུང་ཁྱེད་ཚོར་གཞན་པ་ཞིག་སྟོན་ན་འདོད།" ཁྱུང་ཁྱུང་གིས་ཁོང་ཚོ་གྲོང་གསེབ་ཞིག་ལ་འཁྲིད་བཞིན་དེ་སྐར་ལག །གྲོང་གསེབ་དེ་ནི་རུ་ལོག་དང་འདམ་བག་གིས་གཏོར་བཅོམ་ཐེབས་ནས་འདུག །ཁང་པ་ཚང་མ་ཆུས་བསྒུབས་ཅིང་སྐྱེ་འགྲོ་དང་གྲོང་མི་མང་པོ་གྲོངས་ནས་འདུག དེ་རུ་འདམ་གྱིས་གོས་པའི་སྤྲེའུ་གཅིག་ལྷག་འདུག

སྤྲེའུ་དེ་ནོར་བུའི་ཚུར་ཡོང་ནས་ཁོང་གི་གདོང་ལ་ཕྱིལ་ཕྱིལ་བྱས་ཏེ་དེ་ནས་པར་ལོག " ཁོང་གི་ནང་མི་རྣམས་ཀྱང་སྐྱོགས་ཏེ་ཐེབས་བཞིན་ཡོད་རེད། གང་ཡིན་ཞེ་ན། ཁོང་གི་ས་ཆར་ཐན་པ་བྱུང་ནས་ཁོང་ཚོར་བཟའ་རྒྱུ་ཅི་ཡང་ལྷག་ཡོད་མ་རེད།" ཁྱུང་ཁྱུང་གིས་དེ་སྐར་བཤད། །ཁྱུང་ཁྱུང་གིས་གཤོག་པ་གཡུག་གཡུག་གཏང་བཞིན་སྐད་བརྒྱབ། "ཤོག ང་ཚོ་འདི་ནས་འགྲོ་ཕ་གི་ན་ངས་ཁྱེད་ཚོར་ཅིག་སྟོན་རྒྱུ་ཡོད།"

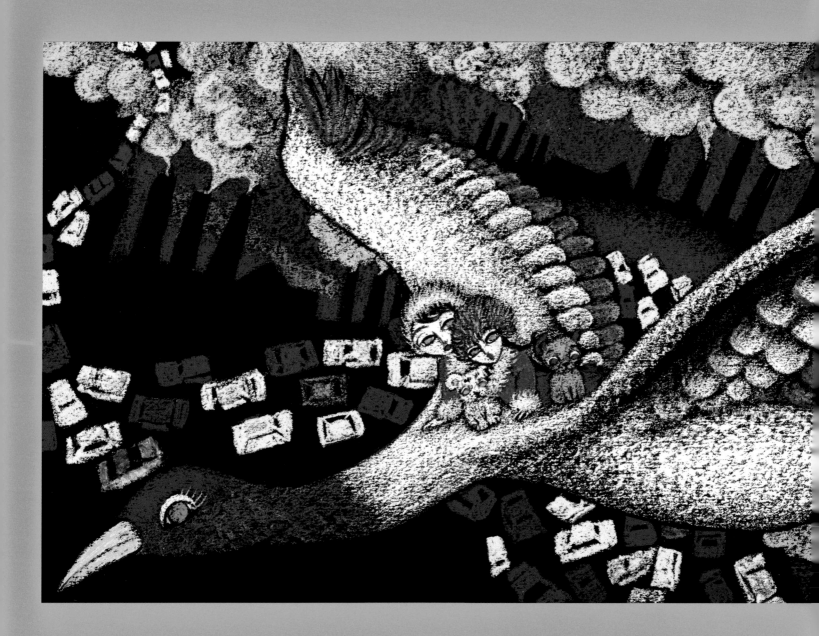

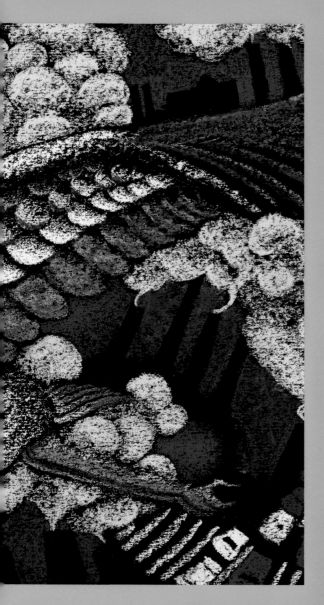

やがて都会が見えて来ました。沢山の人々、車、工場が見えます。ゴンポもゾンパもこんなに多くの数の車を見たのは初めてでした。「僕が行ったことある世界の大都市に比べたら、こんなのたいしたことないよ。そこでは何十万台という車の行列が、空中に悪い空気をまき散らしているんだ」と、皆がよく見えるように低く飛びながらツルは言いました。

They flew again until they came to a town. There were so many people, cars and factories. Gonpo and Zompa had never seen so many cars before. "This is nothing compared to the big cities I have been to," said the crane. "I have seen thousands of cars lined up in traffic, all releasing bad air into the air," the crane explained as he was flying very low so Gonpo and Zompa could see everything clearly.

ཁོང་ཚོ་གྲོང་ཁྱེར་ཞིག་ལ་སླེབས་རིག་པར་དུ་འཕུར་ནས།
ཁྱིན་གྲོང་ཁྱེར་དེ་རུ་རྣམས་འཁོར་དང་བཟོ་ག྄ྲ་མི་བཅས་
ཏ་ཚང་མང་པོ་འདུག མགོན་པོ་དང་འཛོམས་པ་གཉིས་
ཀྱིས་ད་སྔོན་རྣམས་འཁོར་མང་པོ་མཐོང་མྱོང་མེད། "ངས་
མཐོང་མྱོང་བའི་གྲོང་ཁྱེར་ཆེ་ཁག་གཞན་པ་ཚོ་དང་བསྡུར་
ན། འདི་ནི་ཅི་ཡང་མ་རེད།" ཁྱུང་ཁྱུང་གིས་དེ་སྐད་བཤད།
"ངས་རྣམས་འཁོར་སྟོང་ཕྲག་མང་པོ་གཞུང་ལམ་སྟེང་དུ་
གྲལ་བསྒྲིགས་ནས་ཡོད་པ་མཐོང་མྱོང་། དེ་ཚོ་ཆང་ནས་
བར་སྣང་ལ་རླུང་བཙོག་པ་གཏོང་གི་ཡོད་པ་རེད།" ཁྱུང་
ཁྱུང་གིས་དེ་ལྟར་ལལ་བཞིན་ ཏ་ཚང་དགའ་པོའི་སྣོན་
འཕུར་ཅིང་མགོན་པོ་དང་འཛོམས་པོ་གཉིས་ཀྱིས་ཀྱང་དུ་
དངོས་ཆང་མ་གསལ་ལམ་མེར་མཐོང་།

突然ノブは、ツルの背中からごみごみした路上に飛び降りました。「待って、ノブ！気をつけて！」とゾンパが叫び、皆が肉屋さんに走り込んで行くノブを追いかけました。かわいそうに、ノブはお腹がぺこぺこだったんですね。肉屋さんは優しい人で、みんなに肉を分けてくれました。

「実は、肉となる動物を育てることも、地球の温度を上げてるんだよ」と、ツルは言いました。

「私のおじいさんはベジタリアンよ！お肉を食べないの！」ゾンパが自慢げに叫ぶと、ツルは微笑んでゾンパのほっぺたにキスをして言いました。

「さあ友たちよ、ノブの家族を探しに行こう！」皆は車の排気ガスが立ち込める都会を後にして、遠い山並みへと向かったのでした。

Suddenly, Norbu jumped from the crane's back and ran toward the busy street. "Wait, Norbu! Be careful!" shouted Zompa. They all chased Norbu who was entering a meat shop. Poor Norbu was so hungry. The shop owner was kind and gave everyone some meat to eat.

 "Actually raising animals for meat is making the earth warmer, too," the crane said.

"Our grandfather is a vegetarian! He does not eat meat!" Zompa shouted so proudly. The crane smiled, gave her a little peck on her cheek, and said, "Let's go and find Norbu's family, my friends!" They left the smoggy town behind, and headed toward the mountains.

གློ་བུར་དུ། ནོར་བུ་ཁྲུང་ཁྲུང་གི་རྒྱབ་ནས་མཚོངས་ཁྱེར་འདུ་འཛི་ཆེ་བའི་ལྷོམ་སྲང་གི་ཐྱོགས་སུ་རྒྱུགས། "ཏུང་ཚམ་སྒུག་དང་། ནོར་བུ་སེམས་ཆུང་བྱོས།" འཛེམས་པས་སྐད་བརྒྱབ། ཁོང་ཚོ་ཚང་མས་ཤ་ཁང་དུ་འཕུར་བཞིན་པའི་ནོར་བུའི་རྗེས་དེད། ཧ་ཁང་གི་བདག་པོ་དེ་དྲང་སྲིང་རྗེ་ཅན་ཞིག་ཡིན་ཞིང་ཁོང་གིས་ཚོར་མར་ཤ་རོག་རེ་སྤྲད།

"ཁྱེར་བཏང་ནས། ཤ་ཡི་ཆེད་དུ་སྲོ་ཕྱུགས་གསོ་སྐྱོང་བྱེད་པ་འདིས་ཀྱང་ས་འི་གོ་ལའི་ཚ་དྲོད་དེ་མཐོར་གཏོང་གི་ཡོད་རེད།" ཁྲུང་ཁྲུང་གིས་དེ་ལྟར་བཟོ། "ངའི་སྤོ་པོ་ལྷག་དཀར་སྐྱོ་བ་རེད། ཁོང་གིས་ཤ་ཟ་བ་མ་རེད།" འཛེམས་པས་སྤོབས་པ་དང་བཅས་བཟོ། ཁྲུང་ཁྲུང་གིས་འཛུམ་ཚམ་བྱས་ཤིང་འཛེམས་པའི་གདོང་ལ་འ་ཞིག་སྟོད་བཞིན་དེ་སྐད་སྒྲ། "ངའི་གྲོགས་པོ་ཚོ། འགྲོ། ནོར་བུའི་ནང་མི་འཚོལ་དུ་འགྲོ།" ཁོང་ཚོ་དུ་རྒྱག་འཐེབས་པའི་གྲོང་ཁྱེར་དེ་རྒྱབ་ལ་བསྐུར་ཅིང་། རི་ཚོགས་ཀྱི་ཕྱོགས་སུ་བསྐེག

やがて、大きな砂漠が見えてきました。地面はひび割れ、痩せた木も枯れています。
ノブが急に低い声で「う〜」とうなると、チュンポも吠えだしました。一頭のトラがこちらに
向かってきたからです。「心配しないで。このトラはただ、山の上で一頭の雪豹を見たよって
僕たちに教えに来てくれたんだよ。かつてこのあたりは豊かな森で、沢山のトラの住処だった。
でも人間がミネラルをとる工事をしすぎて、砂漠になってしまった」ツルがそう言うと、トラ
はゆっくりと去って行きました。

They flew for a while, and reached a vast desert. The ground was cracked, and
all the trees had dried out. Norbu stopped and growled, and Chungpo began
barking. A big tiger was approaching them.
"Don't be afraid. He just came to let you know that he has seen another snow
leopard up in the mountains," said the crane. The tiger slowly walked away.
"This used to be a rich forest here before… the home of many tigers, but the
years of mining have destroyed the area," the crane said quietly.

ཁྱོང་ཚོ་གང་འཚམས་སོང་བའི་རྗེས་སུ་བྱེ་ཐང་ཆེན་པོ་ཞིག་ལ་འབྱོར། ཐང་ལ་སེར་ཁ་གས་ཡོད་པ་མ་ཟད་ཤིང་སྡོང་ཐམས་ཅད་སྐམ་ནས་འདུག
ནོར་བུས་འགྲོ་མཚམས་བཞག་ཅིང་གཏུང་པོས་སྐད་རྒྱག་འགོ་ཚུགས། སྟག་ཆེན་པོ་ཞིག་ཁྱོང་ཚོའི་ཆར་ཡོང་བཞིན་འདུག
"ཞེད་སྣང་མ་སྐྱེས། ཁྱོང་གིས་རེ་རོས་སུ་གནས་གཟིག་གཞན་ཞིག་མཐོང་བ་དེ་ཁྱེད་ཚོར་བསྟད་རྒྱུའི་ཆེད་དུ་ཡོང་བ་རེད།" ཁྲུང་ཁྲུང་གིས་དེ་
སྐད་ལབ། སྟག་དེ་ག་ལེར་ཁྱོང་ཚོ་དང་རྒྱང་དུ་གྱེས། "ས་ཆ་འདི་སྔོན་མ་ཤིང་ནགས་མང་པོ་ཡོད་ས་ཞིག་ཡིན་པར་མ་ཟད་སྟག་མང་པོ་གནས་
བཅས་ས་རེད། འོན་ཀྱང་ གཏེར་ཁ་བསྐྱོགས་འདེན་གྱིས་ཁོར་ཡུག་འདི་ལ་གཏོར་བརླག་བཏང་བ་རེད།" ཁྲུང་ཁྲུང་གིས་སྐད་དམའ་མོའི་སྒོ་
ནས་དེ་ལྟར་ལབ།

ゴンポとゾンパはトラを可哀想に思いましたが、雪豹のことを聞いて嬉しくなりました。その雪豹はノブのお母さんかな？お父さんかな？それとも兄弟かな？ツルは大きく羽ばたくと、皆を山の上に連れて行き、岩の洞窟のあたりを探しまわりました。「みんな、こっちだよ！ここがノブが住んでいた洞窟だ」ツルは皆を導きましたが、洞窟の入り口は岩や泥でふさがってしまっていました。ここでも崖崩れがあったようです。

ノブは、うなりながら、洞窟の入り口を掘り始めました。チュンポも手伝います。ゴンポとゾンパはノブがかわいそうで、泣き出してしまいました。

Gonpo and Zompa felt badly for the tiger, but they became so excited about finding the other snow leopard. Could it be Norbu's mother? Father? A brother or a sister? They flew over the mountains, and looked for the snow leopard throughout the caves. "This way, my friends! Here is the cave where Norbu used to live," the crane led everyone, but the cave's entrance was covered with mud and rocks. It seemed that there had been a mudslide here, too.

Norbu began crying, and immediately tried to dig the cave entrance so he could go in. Chungpo helped Norbu dig. Gonpo and Zompa felt so badly, and began sobbing.

སྟག་དེའི་དང་ཆུལ་ལ་མགོན་པོ་དང་འཛོམས་པ་གཉིས་ཏུ་ཆང་སེམས་སྐྱོ། ཡིན་ན་ཡང་། གོང་ཚོ་གངས་གཟིག་གཞན་པ་དེ་འཚོལ་ཆུར་ཏུ་ཆང་ཐེབ་ས་ལངས། དེ་ནོར་བུའི་ཨ་མ་ཡིན་ནས། ཨ་པ་ཡིན་ནས། ཡང་ན་གཅེན་པོ་དང་གཅུང་མོ་གཉིས་ཀྱི་གང་ཅུང་ཞིག་ཡིན་ནས། གོང་ཚོ་ཚོགས་ཀྱི་རྱང་ནས་འཕུར་ནོར་བྱག་ཁུང་དག་ཏུ་གངས་གཟིག་ཡོད་མེད་ལ་བལྟས། "ངའི་གྲོགས་པོ་ཚོ། ལམ་ཁ་འདི་ནས་རེད། བྱག་ཁུང་འདི་སྙོན་མ་ནོར་བུ་སྤྱོད་ས་རེད།" ཁྱུང་ཁྱུང་གིས་ཚང་མའི་སྣེ་འཁྲིད། ཡིན་ན་ཡང་། བྱག་ཕུག་གི་སྒོ་དེ་བྱག་རོ་དང་འདམ་འབག་གིས་བཀག་འདུག་པ་ལ་ཆེར་འདི་རུ་བྱག་ཉུལ་བྱུང་བ་འདྲ།

ནོར་བུ་ད་འགོ་ཆགས་པ་ལ་ཟ་ཟད་མགྱོགས་པོར་བྱག་ཕུག་གི་འཇུག་སྒོ་དེ་བསྐོགས་ཐབས་བྱས། གཅུང་པོས་ནོར་བུ་ལ་བསྐོགས་རོགས་བྱས། མགོན་པོ་དང་འཛོམས་པ་གཉིས་ཏུ་འགོ་ཆགས།

すると、皆の後ろで「ニヤ〜」という可愛い声が聞こえました。振り返ると、そこには小さな雌の雪豹が立っています！ノブは彼女に駆け寄ると、鼻を鼻にこすりつけて、二頭はしばらく仲良く顔をなめ合っていました。
「彼女も家族を探しているんだ。これからはノブと一緒に暮らすことができるね。よかった！よかった！」とツルは羽を嬉しそうにパタパタさせました。

Then, they heard a cute little meow behind their backs. There was a small female snow leopard standing there! Norbu dashed up to her, and rubbed his nose against hers. They licked each other's faces for a long time.
"She is looking for her family, too, and now they can go and look for Norbu's family together. This is good! This is good!" The crane flapped his wings so happily.

སྐབས་དེར། ཁོང་ཚོས་རྒྱབ་ལོགས་ནས་གཅན་གཟན་གྱི་སྐད་ཞིག་གོ། དེ་དུ་གངས་གཟིག་ཆུང་ཆུང་ཞིག་ལངས་ནས་བསྡད་འདུག རོར་བུས་ མོ་ལ་འཛུམས་ཅིང་པར་ཆུན་ལ་གདོང་ཕྱག་བྱས། ཁོང་ཚོས་པར་ཆུན་གྱི་རོ་གདོང་ལ་ཕྱི་ཕྱི་བྱས་ནས་ཡུན་རིང་བསྡད།
" མོས་ཀྱང་རང་གི་ནང་མི་འཚོལ་གྱི་ཡོད་པ་རེད། ད། རོར་ཚོ་གཉིས་མཉམ་དུ་སོང་ནས་རོར་བུའི་ནང་མི་བཙལ་ཐུབ་ཀྱི་རེད། འདི་དུ་ ཅང་ཡག་པོ་རེད། འདི་དུ་"ཅང་ཡག་པོ་རེད།" ཁྲུང་ཁྲུང་གིས་དགའ་སྤྲོའི་གཤོག་སྟེ་གཡུག་བཞིན་དེ་ལྟར་བརྗོད།

ゴンポ、ゾンパとチュンポは、ノブにパートナーができたことをとても嬉しく思いました。でもノブとお別れをしなくてはならないのが、本当に悲しかったのです。ふたりはお家へ帰らなければなりません。皆がノブをしっかり抱きしめました。ノブは自分の鼻を、皆の鼻に愛情込めてこすりつけました。「さようなら、ノブ…元気でね」と、ゴンポとゾンパは目に涙を浮かべながら、笑顔で別れを告げました。
「心配ない、心配ない！ノブはこれで家族ができたんだよ。いつかノブとノブの子供たちにも会えるだろう。よかった、よかった！さあ、友だちよ、お家へ連れて帰ってあげるよ！」ツルは再び、力強く飛び始めました。

Gonpo, Zompa and Chungpo were so happy for Norbu to have a companion, and felt sad about having to say good-bye to Norbu, but they had to go home. They held Norbu tightly, and Norbu rubbed his nose against everyone's noses lovingly. "Good bye, Norbu. You take care of yourself," said Gonpo and Zompa, with tearful smiles.
"Don't worry, don't worry! Norbu will have his own family now, and perhaps you will meet his babies one day. This is good! This is good, my friends!" the crane said as he flapped his wings. "Come on, let me take you home safely now!"

ནོར་བུ་ལ་རོགས་པ་ཞིག་རེག་ཅན། མགོན་པོ་དང་འཛོམས་པ། གཙུང་པོ་གསུམ་ཏུ་ཆང་དགའ་ལ་ནོར་བུ་ལ་འདི་ཚོ་འགོག་རྒྱུ་སྐྱོ་ཡང་སྐྱོ། ཞེན་ཀྱང་། ཁོང་ཚོ་ནང་ལ་ལོག་དགོས་འཁེལ་རེད། ཁོང་ཚོས་ནོར་བུ་དམ་པོར་བཟུམས་ཏེ། ནོར་བུས་བཟའ་བའི་སྣ་ནས་ཁོང་ཚོ་ཚང་མར་གདོང་ཕྱུག་ཕྱུག "ནོར་བུ། རྗེས་ལ་གཟབ་ལ་ཡོང་། རང་གིས་རང་ལ་བདག་གཉེན་བྱོས།" མགོན་པོ་དང་འཛོམས་པས་མིག་ཆུ་འཁྱིལ་བའི་འཛུམ་དང་བཅས་ཏེ་སྐར་ལག།
"སེམས་ཁྲལ་མ་བྱེད། སེམས་ཁྲལ་མ་བྱེད། ད་ལྟ་ནོར་བུ་ལ་རང་གི་ནང་མི་ཡོད་པ་རེད། གཅིག་བྱས་ན། མ་འོངས་པར་ཁྱེད་ཚོ་ཁོང་གི་བུ་ཕྲུག་རྣམས་ལ་ཕྲད་སྲིད། གྲོགས་པོ་ཚོ། འདི་ཏ་ཆང་ཡག་པོ་རེད།" ཞུང་ཞུང་གི་གཤོག་པ་གཡུག་བཞིན་འདི་སྐར་ལག། "གོག་ནས་ཁྱེད་ཚོ་བདེ་འཇགས་དང་ཁྱིམ་ལ་སྐྱེལ་ཆོག "

家に向かって飛んでいる途中、ゴンポもゾンパも、以前のように水のボトルやゴミを川へ投げ捨てたりすることはしませんでした。やがて草原で遊ぶヤクの群れやテントが見えてきました。テントの外でおじいさんが皆の帰りを待っていました。「無事に孫たちを連れて帰って来てくれてありがとう、友よ」とおじいさんがツルにお礼を言うと、ツルは嬉しそうに羽をひるがえして、遠く夕焼けの空に飛び立って行きました。

They began flying home. On the way, they did not throw away the plastic water bottles and trash into the rivers anymore as they used to. As they reached home at last, they could see their tent and the yaks from above. Grandfather was waiting for them outside the tent. He said to the crane, "Thank you for bringing them back safely, my friend." The crane flapped his wings joyfully, and flew away into the sunset sky.

ཁོང་ཚོ་ཁྱིམ་གྱི་ཕྱོགས་སུ་འཕུར་ནས་ཕྱིན། ལམ་བར་དུ། ཁོང་ཚོ་སྔོན་མ་ནང་བཞིན། འགྱིག་དམ་དང་གད་སྙིགས་ཆོས་གཏུགས་ཀྱུ་གཙང་པོའི་ནང་དུ་མ་གཡུགས། མཐར་བར་ཁོང་ཚོ་ཁྱིམ་གྱི་ཕྱོགས་སུ་འབྱོར་སྐབས། ཁོང་ཚོ་ཐག་རིང་ནས་ཁོང་ཚོའི་སྦྲ་གུར་དང་གཡོག་ནགས་མཐོང་། སྤོ་པོ་ལགས་སྦྲ་གུར་གྱི་ཕྱི་ལོགས་སུ་ཁོང་ཚོར་སྒུག་ནས་བསྡད་འདུག "ངའི་གྲོགས་པོ། ཁོང་ཚོ་བདེ་འཇགས་དང་བཅས་ཁྱེད་ཁྱིམ་ལ་འདི་སླར་ལ་འཁྱེར་འོངས་པར་ཐུགས་རྗེ་ཆེ།" སྤོ་པོ་ལགས་ཀྱིས། ཁུང་ཁུང་ལ་དེ་ལྟར་ལབ། ཁུང་ཁུང་གིས་དགའ་སྤྲོའི་ངང་ནས་གཤོག་པ་གཡུགས་བཞིན། ནམ་མཁའི་དབྱིངས་སུ་འཕུར།

静かな夜になりました。ゴンポとゾンパは、澄み切った空にきらめく無数の星を見つめていました。そして、この美しい自然を救うために何かしたいと思ったのです。すると二人の目には、ヒマラヤが一層、生き生きと美しく映って見えました。ゴンポとゾンパは大切な故郷ヒマラヤの自然を一緒に守って行こうと、強く誓い合ったのです。

終わり

A quiet night came. Gonpo and Zompa were looking at the numerous sparkling stars in the crystal clear sky. The Himalayas looked even more lush and beautiful to their eyes, knowing that there are many things they can do to help stop the destruction of nature. Gonpo and Zompa promised to each other to do their best to help protect and preserve their precious homeland, the Himalayan mountains and the Tibetan plateau.

The end

སྐྱིད་འདུགས་ཀྱི་མཚན་མོ་སྟེབས། མགོན་པོ་དང་འཛོམས་པ་གཉིས་ཀྱིས་གཡའ་དག་པའི་ནམ་མཁའི་མཐོངས་ཀྱི་འོད་འཚེར་འཚེར་གྱི་རྒྱུ་སྐར་དག་ལ་ལྟད་མོ་བལྟ་བཞིན་བསྡད། ཁོང་གཉིས་ཀྱི་སེམས་ལ་རང་གི་པ་ཕྱུལ་སྲུང་སྐྱོབ་བྱེད་འདུན་གྱི་ཚོར་བ་ཕུགས་ཆེ་བྱུང་། དེ་ལྟ་རེ་པོ་དེ་ཨ་ལ་ཡ་ནི། ཁོང་ཚོའི་སེག་ཟུང་དུ་ཏ་ཙང་མཆར་སྡུག་ལྡན་པ་དང་སྲུང་མགོག་ཅན་ཞིག་ཏུ་མཐོང་། མགོན་པོ་དང་འཛོམས་པ་གཉིས་ཀྱིས་ཕན་ཚུན་ལ་རང་གི་མཛེས་སྡུག་ལྡན་པའི་པ་ཕྱུལ་དང་རི་བོ་དེ་ཨ་ལ་ཡ། ཐང་གཟོང་བཅས་སྲུང་སྐྱོབ་དང་བདག་གཉེས་བྱེད་པའི་དམ་བཅའ་བཞག

མཇུག་རྫོགས།

Epilogue

Nowadays, we hear about the world's environmental problems everyday, and while the Earth is in danger we must do something to save it. The Himalayan environment affects not only the life in the Himalayas but also everyone in the world.

I hope this book will inspire you to learn about environmental threats and how to protect the land. There are things you can do: learn about the environment and endangered animals; discuss with your friends, schools and family; reduce, reuse and recycle; talk to your local government and volunteer in your community. Think and act on it.

I am very happy to have created this book, "Save the Himalayas," my fourth book for the Tibetan refugee children, and I hope you have enjoyed it. From the bottom of my heart I thank everyone who has helped me to make it happen. I am grateful to all of those whose support helped us donate over 12,000 copies of my other three books to exiled children at 82 refugee schools in the past, and a few thousand copies of this new book.

When I visited many refugee schools including a TCV in Ladakh I saw my books on the library shelves. The books were torn and looked so old and used. I was told that children loved my books so much that they read them over and over, and that is why they were so torn. It deeply moved me and made me cry.

A fundamental Buddhist belief is that most of us will return to this place after death. We must make the Earth a better place for our children. Also, we must do our best for ourselves, too, because we will treasure our Earth as our home again and again.

Rima Fujita, August 2011, California

Please share your thoughts and comments about this book: rimafujita@hotmail.com

エピローグ

今、私たちは環境問題についてのニュースに接しない日はありません。

人類の自然環境破壊が続いて来た結果、もう地球はこれ以上の自然環境破壊に耐えられないところまで来ているのです。

私たちは行動を起こさなければなりません。ヒマラヤの自然環境はヒマラヤ地域だけではなく、世界の全ての人々に影響を及ぼしているのです。私はこの絵本が、破壊された自然環境がもたらす恐怖と、どのように破壊から地球を救うかを、学ぶきっかけになって欲しいと思います。

私たちにできることは、沢山あります。

自然環境と、絶滅に瀕している動物たちについて学び、皆と、学校で、家庭で議論をしましょう。ものの消費を節約し、再利用とリサイクルに努めましょう。地域の行政機関と話し合い、自分の地域社会でボランティア活動を始めましょう。考え、そして行動を起こしましょう。

私はこの絵本、「藤田理麻の不思議な冒険〜 Save the Himalayas 〜」を創り上げることができたことをとても嬉しく思います。この絵本は、私がチベットの難民孤児たちのために創った４冊目の絵本ですが、皆さんにも楽しんで頂けたと思います。そして、この絵本を実現させるためにご協力下さった皆さんへ、心から感謝しております。今までに創った３冊の絵本については、多くの人たちの温かいご支援を頂き、全部で１万冊以上の本を製作してインドやネパールにある難民孤児たちが学ぶ82の学校に、寄付することができました。この４冊目の絵本も、２千冊を寄付する計画です。インドのラダックのＴＣＶを初め、いくつかの難民孤児学校を訪問した時、それぞれの学校の図書室で、私の絵本たちが棚に並べられているのを見ました。絵本は擦り切れて、ボロボロになっていました。聞くところでは、子供たちが繰り返し、繰り返し私の絵本を読むので、擦り切れてしまったのだそうです。私は思わず感動して、涙をこぼしてしまいました。

仏教の輪廻転生の教えでは、私たちはこの世を去って、再びこの世に生まれ変わって来ます。私たちは私たちの未来の子供たちのために、この地球をより良い場所にしなければなりません。さらに、私たちのホームとして繰り返し、繰り返し慈しむこの地球を守るために、私たちは最善を尽くさなければならないのです。

2011 年 8 月　南カリフォルニアにて　藤田理麻

この絵本についてのご感想やご意見をお聞かせ下さい。　rimafujita@hotmail.com

Special thanks to:

His Holiness the Dalai Lama

USA (alphabetical order)
Paul I. Barsky
Tenzin Dickyi
Pema Dorjee
Richard Gere
Ariane Hudson
Andy Narendra
Lobsang Nyandak
Tsewang Phuntso
Dhondup Tashi Rekjong
Eric Ripert
Mollie Rodriguez
Rieko Sakuramoto
Sundaram Tagore
Diana Takata
Kunga Tashi
Tendor
Yodon Thonden
Champa Norzom Weinreb
Sonam Zoksang

India
Tenzin Gelek
Kushok Paljor
Chhime Rigzing
Bhuchung D. Sonam
Tenzin Taklha

Japan
Junji & Keiko Fujita
Hima Furuta
GALA-group
Jun & Eriko Hasegasa
Keishi Ikeuchi
Megumi Katsuura
Rowland & Noriko Kirishima
Liaison Office of H.H. The Dalai Lama
Naomi Nodera
Shojiro Nomura
YOU

Art, texts & Producing: Rima Fujita
Design: Shimpachi Inoue
Translation: Dhondup Tashi Rekjong
Editing: Tenzin Dickyi and Rima Fujita
Photo: Sonam Zoksang (The Dalai Lama),
Michika Mochizuki (Rima Fujita)

藤田理麻　プロフィール

東京生まれ。兵庫県芦屋市で育ち、ニューヨークへ移住。32年間居住した後、南カリフォルニアへ移住。NYのパーソンズ・スクール・オブ・デザインを卒業　（学士号取得）。2001年、恵まれない国の子供達に絵本を創り、寄贈する組織「ブックス・フォー・チルドレン」を設立。画家としての活動に並行して、チベット難民孤児達への教育支援に熱意を注ぐ。広島国際平和サミットにおいて、出席のノーベル平和賞受賞者のダライ・ラマ法王、デズモンド・ツツ大司教、ベティ・ウイリアムズ女史の諸氏から、活動実績について賞賛を受けた。他、国際的受賞多数。
著書に、「シンプル瞑想」、「小さな黒い箱」、「ワンダートーク」、「ワンダーガーデン」、「TB AWARE」がある。

Rima Fujita's Profile:

Rima Fujita was born in Tokyo, lived in New York City for thirty-two years, and now resides in Southern California. She graduated from Parsons School of Design with her B.F.A. and has exhibited her work internationally to great acclaim.
In 2001 Rima established "Books for Children," an organization that produces children's books and donates them to children in need around the world. She has created four children's books and has donated more than twelve thousand books to the Tibetan children in exile. Along with being the recipient of several international awards, H.H. The Dalai Lama, Desmond Tutu and Betty Williams, the Nobel Peace Laureates, personally gave her special recognition at the International Peace Summit in Japan. Her published books include: "Wonder Garden," "Wonder Talk," "The Little Black Box," "Simple Meditation," "TB Aware" and "Save the Himalayas."

http://www.rimafujita.com
http://www.rimafujita.com/bfc/en/
http://rimafujita.blogspot.com

藤田理麻の不思議な冒険
2011 年 11 月 10 日　初版発行

企画・絵・文　藤田理麻

デザイン　井上新八

発行者　鶴巻謙介
発行所　サンクチュアリ出版

〒 151-0051
東京都渋谷区千駄ヶ谷 2-38-1
TEL：03-5775-5192（代表）／ FAX 03-5775-5193
URL：http://www.sanctuarybooks.jp/
E-mail：info@sanctuarybooks.jp

印刷・製本　大日本印刷株式会社

※本書の無断複写・複製・転載・データ配信を禁じます。

PRINTED IN JAPAN
定価および ISBN コードはカバーに表示してあります。
落丁本・乱丁本はサンクチュアリ出版までお送りください。
送料小社負担にてお取り替えいたします。